U0004206

1

每個人的頭上都有烏雲
我害怕它降臨
有雨的痕跡
如果它真的是雨
比較不易傷感

我想對每個路過的人說話
把手伸進去
掂掂每一寸脂肪
是否美味

做一個下流的人
過馬路時就讓自己流下
你們的裙底都有
髒髒的東西

2

等晚飯
肚子會餓
薪水下來了
會變窮

洗冷水澡
讓身體變熱
努力工作
越做越多

放油
煎一顆蛋
等雨
雨不會停

3

我還隨身攜帶前公司的感應卡
在夢裡把欠他們的工作完成
並慢慢遺忘
現實是這麼經得起遺忘
例如一班公車開走
下一班只要十分鐘

我曾經站在投手丘
連續打了幾場比賽
直球通通逃離好球帶
教練只會喊暫停

我還是那樣子
等著直球偶然發生
遺忘昨天保送的人

我等待
在沒有人的公車站牌
等待雨天將我拿出來的人
現在天氣非常的好

4

左腳如果扭到
就把重心放在左邊
痛的時候多試幾次
覺得之後就不會痛了

我最喜歡的鞋子
鞋底被磨平了
我努力的裝作沒事告訴左腳
走快一點

賣餅乾的人大聲推銷
點頭很廉價謝謝很廉價
要怎麼消費才好

走進便利商店
喝一罐號稱能降膽固醇的無糖飲料
把鋁罐丟進資源回收
把詩寫下來

5

又到了這種時候
自以為使命感強烈
指責所有失去同理心的人

失去是一種病
病因是害怕失去
我站在許多人不願意回頭的路口
倒數計時
綠燈的時候就走
超過更慢的人與等待的汽車

我認為他們失去了我
耳機裡還有一些空隙讓噪音進入
雨水和霧霾難以區分
貪婪的經過前面身穿窄裙的女人
再走慢一點換她們經過我

我認為他們誤會了我
被寫下的東西不值得同情
全世界的雞蛋都一樣
他們應該堅強得足以同情任何人

6

找一間學校
圍牆不高的那種
或者能夠透過欄杆的空隙
聽見他們打球的笑聲
喘息之間有學生獨特的香味

感覺天然
在嬰兒貼近你的胸口
觸摸小貓的下巴
或把生魚片送進嘴裡咀嚼
是同一件事

那麼就不必太過害羞
我盯著小孩的背影
像你不斷搭訕我的同事
想毀滅她的家庭一樣

你可能還需要更多正當性
或許軟弱的希望被原諒
那些東西相較於你
一點都不天然

7

我是一面牆
被塗過幾次油漆
主要是白色的
水泥的
如果搥下去沒有聲音
悶悶的那種

我是一顆柏油路的石頭
和其它石頭粘在一起
雖然形狀各有不同
但沒人會花時間停留
總是被用力輾過

12

我是一隻螞蟻
一張過期的傳單
一句被唱爛的流行歌詞
一個專注於走路的上班族

把便當吃完
我想成為剩餘的湯
成為可擦拭的污漬
時間到了
沒有誰為此感到遺憾

8

生活在極端便利的時代
有各種機制提醒我們

出站後錯過的公車
要等十五分鐘
行動值回復
一點要八分鐘

超級月亮降臨

新聞提醒我們機會難得

手機警告

今日空氣品質不佳

我發送一條訊息

就打一次噴嚏


有人發表聲明

工業區是無辜的

她說很想我

原來是對愛過敏

9

我的喜帖做得很美
信封的珍珠箔像糖霜
啤酒紙讓我想起白巧克力
紅色油墨是草莓
綠色是會酸的那種果醬

內頁灑滿金色跟銀色的糖粉
我有自信用她征服一百個少女
設計師是
我的老婆是
我媽很多時候也是

今天早晨我媽說
她的朋友差點收不到喜帖
因為太像卡片
像製作精美的貸款廣告
只差一步被樓下的熱心鄰居扔到垃圾桶

我想起來了
很多漂亮的人也這麼說
太美了
只能嫁給垃圾桶

19

10

美麗的東西
或許有一些看不見的問題
最大的問題是
我相信它是美麗的
或許就能多點同理心
例如我老婆
她其實是個很幼稚的人

另一個問題是
我想探究同理心的極限是什麼
如果她是個邪惡的人
我會不會原諒她
甚至連原諒都不必
因為美麗不能用道德衡量

這個問題在土耳其
被一個漂亮的男人證明
在吹著冷風的傍晚
我剛摸過在碼頭休息的貓
他就把貓踢進海裡

我第一次看見會游泳的貓
他驚慌又熟練的躍出海面攀上繩索
冷冷的看了我一眼
快速跑過人群
好像做錯事的是他

然後我只能跟朋友說
有個男人把貓踢進海裡
貓會游泳
他們說是喔難怪他那麼溼

11

他就坐在這邊
從太陽升起的時候
到雨還沒下來
悶熱的夏天

只是坐著
一個人面對長不出草的公園
老實說還是有幾根草
但那又不太像是
印象中公園應該有的草

那種草是綠色的
土是很髒的黃色
上面有稀疏的樹
長椅印著里長的名字
為了避免弄髒鞋
經過時都踩在像石頭做的
不太整齊的水泥塊

起風的時候
土會變成沙子
下雨的時候
土會變成泥巴
不論什麼天氣
他都坐在中間

夜晚路燈的顏色
像火氣很大的尿
他坐在這裡
無視旁邊銀色的單槓
彩色的塑膠溜滑梯

公園的告示牌
自從上次颱風過後
就斷在路邊
他們一起坐在公園
沒什麼好看

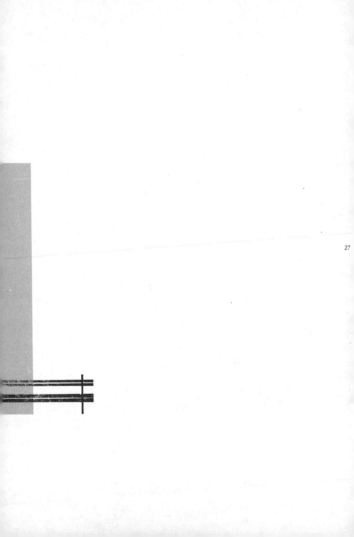

12

我認識的每一位母親
幾乎都懷念剛出生的孩子
而每一位母親心裡
都有一個回不去的兒子或女兒
彷彿我們在很久以前
就已經死了

每天醒來
都提醒自己是誰
浪漫的說法是
工人做工
詩人寫詩
務實的理解是
父親賺錢
母親賺錢
老婆賺錢
丈夫賺錢

閉上眼睛數到10
就把自己殺了10遍
每天我都相信
死不能解決問題

13

傷心的馬路
這個禮拜不停的
被畫線
被挖開
被經過的人嫌棄好難過

傷心的天空
一下落雨一下放晴
滴在消防栓上
無聊的消防栓目前為止
還沒滅火的經驗

傷心的河
害怕潰堤造成損失
這些損失不屬於他
也不屬於我
但是河堤越來越高

傷心的椅子
從出生就站在河邊
一直看夕陽
偶爾可以看到
情侶穿什麼顏色的內褲

飛過施工中的街道
越過河堤
停在草地上
你不知道自己失禁
沿途灑落白色的糞便

不顧一切的逃離公司
星期五的下班時間
對不起我不知道名字
就叫你傷心的鳥

14

掏出口袋裡
揉成一團的耳機線
在趕著出門時特別糾結

紅色的塑膠因為摩擦
顏色漸漸變深
將金屬接頭插入耳機孔
手機的電流通過
塞進耳朵
聽見空氣的聲音
在播放音樂的指令下達以前
緩慢行走
成為人行道的障礙

過馬路時
人是車子的障礙
發傳單時
可愛的笑容是障礙
突然停下的我
是十指交扣的情侶
拉著小孩的母親的障礙

剛下過雨
黑色的柏油更黑
濕氣混雜砂石
在綠色的公園裡製造噴嚏

15

秋天不見了　　　　　　每天路過大海
河邊充滿海的氣味　　　維持時速80公里
一直懷疑自己　　　　　海面沒有紅燈
又迷路了　　　　　　　沒有綠燈
　　　　　　　　　　　但海岸非常明亮

深不見底的柏油路裡
埋藏挖掘的痕跡
有水溝蓋　　　　　　　　迷路的人從不擔心
瓦斯管線　　　　　　　　也不害怕死亡
乾掉的水　　　　　　　　為了證明自己非常勇敢
模糊的腳印　　　　　　　從來不打方向燈

40

17

每一次經過
都不能避免摩擦
擁擠是相對的
貪圖便利的文明時
尷尬是相對的

不呼吸是相信呼吸
不寫詩是相信詩
沒有那麼多感傷足够支撐
沒有把手的地方

相信所有的車廂都很乾淨
相信使命感是天賦
讓每一扇門精準開啓
走出去的人
通常不會回頭

沒有更節省電力的方法
不得不翻開書本
不得不懷疑
每一種可靠的說法

—— 訊號微弱
我一直問妳到了沒

18

戴上運動手環
假裝自己正在運動
假裝路邊的風
是來自歐洲與澳洲

相信每一種純潔的暗示
相信用愛發電
相信塵蟎可以用吸塵器清潔
在沒有任何根據及報告出來以前
相信那些開心的事

對死掉的牛說話
你來自美國
你看起來很好吃
對燃燒中的雞
乾癟的魚說
你們是無可替代的

你們清楚自己
不是天上掉下來的
你們每天都走一萬步
補充均衡飲食
避免澱粉及醣分攝取
但經常熬夜失眠

每一種昆蟲都是蟑螂
每一種愛都是爸爸的刮鬍刀
在深海的大鳳梨裡
每一種藍都是馬桶清潔劑

19

在明治神宮
慶祝七五三節的小孩最可愛了
年長的人類帶著有色眼鏡
忍不住露出笑容

在森林裡
才能感覺自己有多髒
所有的樹跟動物
都在提醒我
是一頭下流的人類

被搭訕的女孩
告訴自己
我是一隻狗
我是一隻老虎
我是一隻長頸鹿

兇猛的獅子就要來了
瞇著眼睛
她現在假裝自己
還是一頭巨大的貓

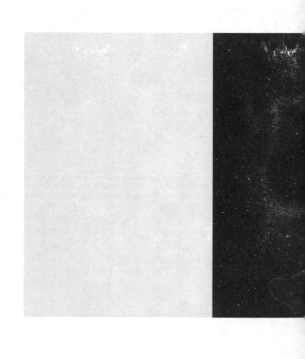

20

一、樹的

市區的樹
靠車聲灌溉
施工中的塵土
讓樹更潮

看到樹
就想當一顆樹
讓人經過的時候
讚嘆你原始的曲線
忠誠的根部
自然的美好是
決不懈怠的熱情
是人類不要的
你要

你要功德圓滿
當葉子被霧霾包覆
你靜靜的
依然相信自己很綠很綠


二、綠的


綠色表示環保
一種優雅的減碳技巧
更符合潮流並提醒我們
跟人類文明進程息息相關


看到平庸
就想起自己的平庸
下次換車的時候
應該考慮換電動的

三、我的

我離不開那條總是在修的路
以及停在紅線
跟公車搶道的拖車
它的任務是拖走車子
（跟它長的一樣例外）

它停在公車把我放下來的地方
那是紅線邊緣
內側依然停滿了車
構成一條典型的馬路

每一台駛過的車
都在瞪我
溫柔的輕拍喇叭就像
中學時候有些注重打扮
在廁所抽菸的學生

這一切都是幻覺
／ 2017
／後記

大概是在二十五歲左右，發現自己特別著迷於
「垃圾」；斑駁的牆面、凹陷的柏油路、草叢的
保特瓶、放在空地的廣告看板。尤其是那些看
起來「有點用」的垃圾最迷人；巷口租書店的
廣告（已倒閉多時）、幼兒園招生的圖案（小孩
的臉已模糊，二十年不變）、在文具店的玻璃櫥
窗，放置一整面凌亂的、被太陽曬到褪色（總
賣不掉）的模型紙盒等等。

我開始寫它們，稱它們為垃圾。有一段時間，
我（跟某些人）都誤會了，覺得我為弱勢發聲
寫詩，好像特別有同理心。我想澄清的是，在
那段時間裡也經常困惑，覺得自己寫作的理由
好像只剩下自怨自艾、微不足道的人文關懷，
而且悲天憫人自然就帶有道德高度（當然也沒
想過要特別避開，當一個品德高尚的人不好
嗎？）所以我寫垃圾、關懷弱者及參與社會議題，
漸漸就變成一個富同理心的聖人。

但如果不是呢？我會不會又搞錯什麼了？如果只
是純粹喜歡垃圾怎麼辦？

我著迷於世間萬物衰敗的過程，喜歡看著它們、
想像它們。我沉浸其中，不是設身處地而後改
變世界，更沒辦法提升它們的等級。它們就是
無藥可救的脆弱、邊緣，它們確實就是那樣的
存在著。我終於又明白了，自己從來不是改變
社會的運動者，更不能夠樂在其中。我享受悲
喜交織的情感衝突，縱使口中說著政治與道德
正確的話語，也永遠不可能扮演正義使者。

最好的證明就是我結婚了，選擇了婚後安穩的
生活。2017 年，我與妻有著穩定的工作，也放
棄與家人或任何人證明有另一種理想的可能。
我全盤接受現實降臨，包括它的價值與信念，
成為一個可靠的社會人。一方面離開艱苦奮鬥
的夥伴們，轉往舒適圈裡的大公司，被制度團
團保護。另一方面又因過去的經歷，使我獲得
可觀的文化資本。我確實不假思索的利用這一
切，站上人生最安穩的位置。才發現自己一點
罪惡感或羞恥也沒有，頂多就是寫下這段話的
程度而已。我不是為弱者而寫，也從不是為了
改變不公平的社會。當然也沒有過分到以折磨
他人為樂，但看著這一切發生、享受不公義的
資產與階級福利，讓我覺得非常幸福。